KB043846

Lee Jung-Do

시인 이종도

통영

이중도 시집

통영

시학
Poetics

배들은 지구 밖으로 뛰쳐나가는데
느릿느릿 파도 소리의 행간에만 열려 있는
귀의 주인은 분명 낙오자다.

허나, 낙오자이기에 시의 목소리가 더 또렷하다면
손해 보는 일만은 아니리라.

마흔을 넘어섰다.
지나간 것들이 무겁지만
다가오지 않은 시간도 무성하다.
한복판이다.

마흔 지나 통영에서
이중도

차 례

■ 시인의 말
■ 작품해설 | 차한수

제1부 통영

풍란 · 1   15

통영 · 1   16

통영 · 2   17

통영 · 3   18

통영 · 4   20

통영 · 5   22

통영 · 6   23

통영 · 7   24

통영 · 8   26

통영 · 9   27

통영 · 10   28

통영 · 11   30

통영 · 12   31

통영 · 13   32

통영 · 14   34

통영 · 15   35

통영 · 16   36

통영 · 17   38

통영 · 18   40

통영 · 19   42

통영 · 20   44

통영 · 21   46

제2부 산책

산책   49

진짜 꿈   50

이슬   51

생명   52

시詩   53

새봄   54

마음   56

봄에게   57

아카시아   58

백합　59

왜 몰랐을까　60

축제　61

팔월　62

이제는 없다　63

정원　64

가을　65

십일월　66

제3부 강

강　69

낙타　70

그 시간　71

어디로 가 버렸나　72

청평에서　73

옛집　74

고향　75

고모　76

바닷새 된다　77

청춘이여　78

밥이여　80

지나간 것들은　82

추억이 때로는　83

용서할 수 없을 때는　84

저 새들에게도　85

이제는　86

제4부 풍경

풍경　89

일월　90

봄비 · 1　91

봄비 · 2　92

신록 93

꿈 94

산길 95

죽순 96

풍란 · 2 97

초록에게 98

유월 99

거문고 100

가을 숲 101

제1부

통영

풍란 · 1

천년의 파도에 씻긴
조약돌을 닮은 잎 속에는
남해가 살고 있다
한산도를 품은
쪽빛 바다가 고여 있다
파도를 대패질하며 나아가는 발동선의
혼魂부림을 재우는 수평선
바람의 시원始原에서 솟아오르는
뭉게구름이 살고 있다
바위 같은 침묵이여
작은 잎 속의 아득한 어둠이여
어둠의 맨살에 박힌 별 모두 녹여
꽃 한 송이 피우려면
대해를 떠돌다
해안 절벽에 잠시 깃들인 나그네
길들지 않은 바람 한 줌 있어야겠다

통영·1

장어탕집 할머니
입에 산낙지처럼 붙어사는 욕들도
바다여인숙 장씨
아침마다 머리 쥐어뜯는 싸움도
배추 뿌리 깎아
소주 퍼마시는 사내들의
떠들썩한 술판도
술판 끝의 지긋지긋한 멱살잡이도
알고 보면 저마다의 나룻배들
파도 위를 휘적휘적 걸어
건너가는 이 몇이랴
너도나도
찢어진 살냄새
나룻배 삼아 건너가느니
거친 살결 같은
때로는 꿈결 같은
저 바다

통영·2

사월,
느릅나무 캄캄한 가지에
새잎 돋아나는
네가 오면
부활을 믿지 않을 수 없어라

도다리 뱃살같이 씹히는 봄바람에
실려 오는 출항의 뱃고동
가슴 두근거리게 하는
이 시절엔
어쩌면 새로 살아질 것도 같아라

아, 운명을
꺾을 수 있을 것도 같아라

남해의 살
새로 퍼덕거리게 하는 숭어
돌아오는 사월이 오면

통영 · 3

이슬 속에 곤히 잠든 세상
흔들어 깨우며 걸어가는 들길
바지춤 내려가는 아침들 모이고 모이면
언젠가 나 또한 풀잎을 노래할 수 있을까

멸치 떼처럼 흘러가 버린 나날들
어느 대나무 판자에서 모두 말라 버렸다 하여도
눅눅한 비린내 아직 자욱한데
살덩이로 밀고 가는 하루
아니 일생이 실상 한 송이 억새꽃이라고
귀띔하며 바위에 부서지는 포말
곁에 오래 앉아 있으면 뼈에 사무친 것들 몇
타 버린 연탄처럼 쉬 허물어지고
생각들 모두 유배 보냈는지
햇살에 찔려 퍼덕거리는 소녀들
바람은 범신론자처럼 만물을 고루 만져
이름 없는 나뭇잎 저리 빛난다

물살을 음미하며 느릿느릿 헤엄치는 농어처럼
시간이 느리게 흘러가던 어린 날
장독대 옆 무화과나무 잎사귀처럼 넉넉히 행복하던
죄 없던 시절의 일기를 다시 쓸 수 있을까
바지춤 끌어내리는 아침들
모이고 또 모이면

통영 · 4

어디에 있니?
아직 갯바람에 갇혀 있니?
바다에 박힌 부표들처럼
가지런한 생각들만 해답이던 그 시절
주린 우리 가슴 앞에
일용할 양식으로 놓여 있던 그 들길
우리 오래 같이 걸었던 그 길
쑥과 여뀌에 모두 지워졌구나
선생님들이 지어 주던 모래밥이 싫다고
파도 같은 시인이 되겠다고
외치던 네 꿈을
낡은 네 목선은 알고 있니?
떠난다고 별수 있겠냐고
이곳도 살 만하다고
송아지같이 끔벅거리던 네 눈망울 속에
그 들길
그 시인
아직 살고 있니?

너는 오랫동안 보이지 않고

먼 바다엔

새끼들과 같이 뿌려진 어미 섬 하나

일소의 고단한 허리처럼

등이 굽은 섬 하나

통영·5

어이하랴
이 봄을!
이 붉디붉은
꽃잎을!

숭어 한 마리 솟아오르는데
남해의 질긴 살가죽 찢고
저기 솟아오르는데

내 혼아, 어이하랴
이 봄을!
살갑디살가운
이 육신肉神을!

통영 · 6

뱃고동이 운다
저 멀리 히말라야로 유배 떠나던
욕망이
다시 돌아와 꿈틀거린다
텁텁한 막걸리 같은
아침 안개
어시장엔
고해苦海의 배 속에서
막 퍼 올린 무명씨無名氏들
모든 사념을 가지 쳐 버리고
남은
비린 살냄새
이, 덧없고도
싱싱한 퍼덕거림들

통영 · 7

마흔 넘자
시간은
손가락 사이로 술술 빠져나가는 모래
한 알
한 알이 순금이다

서쪽으로 해 기우니
퍼런 물살에 출렁거리는 빛 덩이들
그래,
빛이었구나
떠밀어 익사시키고 싶었던
지난날들이여

눈부신 순간
순간의 비늘로 바다 건너가는 길 하나
따라 걷다
때로 헛디뎌
흠뻑 젖었다

어느새 사라지는 것이 인생이라면

천천히 걸어가리라
나의 뼈와
너의 가슴에서 우려낸
진한 것들
부어 주고 마시며
무시로 취해 비틀거리며

통영 · 8

살[肉]의 땅!

비린내 바닥을 쓸고 가는 어시장

무례한 인정은

젓갈에 찍어 먹는 싱싱한 배추속대

늦은 밤바다

고독의 안주는

화장 지운 별자리들

뇌세포의 찌든 때

씻어 주는 파도 소리

푸르게 밀려왔다

하얗게 밀려가는 나날들

마음에 절로 일어나는

잔물결

이러다가

정말 이러다가

등 푸른 사랑 하나

퍼덕거리며 솟아오르리

통영 · 9

눌변의 벗들이 건네주는 술잔

산적처럼 비우고

볏단처럼 취해 잠이 들었다

청주 같은 성聖도

탁주 같은 속俗도

모두 녹여 버리는 용광로

녹여 새벽마다

새 힘 한 벌 만들어 주는

끓는 구들장에 누워

잠이 들었다

통영 · 10

그날
그 비

씨족의 마을
캄캄한 모태 속으로 저물게 하고

고단한 씨족들
꼬리뼈에 남아 있는 동굴 생활의 버릇대로
끓는 아랫목에 잠들게 하고

맨발의 아이들과
미꾸라지들과
진창에서 뒹굴다가

아궁이마다
눈 시린 장작불 곱게 피워 두고

바다 위를 총총히 걸어서

붉은 저녁노을 속으로

돌아가 버린

통영 · 11

살 떠난 이름들 모두 덧없지만
여기 햇살 한줌 없어도
살아 있는 것들 눈부시다

세로細路를 따라 오래 눌러앉은
가난의 첩첩산중
낮은 창문 틈으로 흘러나오는 서러움
대빗자루로 쓸고 가는 풀벌레 소리
살림 밑천이라야 한철의 풀잎뿐인데
한 도막 초록에 찍힌 눈동자들 이리 맑아
내 토해 온 울음들
얼굴 붉히게 한다

넘어오지 마라 유리의 칼날 촘촘한 담장 너머
밑창 너덜너덜한 가죽 속에
내 걸어온 날들 고여 마음 시려도
먼지 툴툴 털고 일어나
식은 등 밀어 줄 푸른 것들
아직 넉넉하다

통영 · 12

그 편지들은 어디에?
만년필의 공복空腹 가득 채워 주던
그 불면의 밤들은
어디에? 구름에 끌려가던
인연의 수레 가득 실려 있던
그 푸른 파도들은?
질기고 아픈 사연에 더 가슴 끌렸던가
네 순한 마음이
절며 걸어간 발자국들
그 편지들은 어디에?

통영 · 13

길손을 위한 향기인가

벌겋게 취한 개옻나무들 사이 세 들어 사는 새댁

이목구비 아담한 들국화

멧돼지의 주둥이로 흙살 파헤치며

기어온 여름은

정녕 끝이 난 것인가

퍼런 물 제법 빠진 시누대의 마른 수군거림

아래 지난밤 산짐승들의 가지런한 잠자리

지긋지긋한 풍찬노숙의 세월 곁을 지나자

계절이 바뀐다

꺼내 입을 세간 하나 없어라

나그네 마음 춥구나

허나, 시린 세상 시린 대로 걸을 수밖에!

멀리 한려수도

칼바람에 깎여 온 섬들

부드러운 곡선이 되어

이제 바람을 품어 재운다

시린 대로 걷다 보면

때로는 운명도 길이 들리라!
어지러운 손금처럼 기진맥진한 길
끌어올려 푸른 하늘 한 모금 마시게 하는
산정山頂의 강인한 근육
넉넉한 바위에 몸을 기댄다
날개 없는 등을 잠시 기댄다

통영 · 14

이곳의 일기에는
온통 살[肉]의 노래들
마음 음지의 버섯들
모두 지워 버리는
바람과
빛의 노래들
추상抽象의 이파리들 서서히 떨어지고
알몸을 드러내는 일상
빈 바다에 섬 솟아나듯
돋아나는
싱싱한 걱정거리들

통영 · 15

마흔에
다시 찾아온 고향 바다
언제나 불혹不惑의 저 잔잔함
선학仙鶴 같다
눌러앉은 한 마리 갈매기

부끄럽기만 하다
진창에 눌러 찍어 온 내 발자국들
발자국에 고인 눈물을 마시고도
다시
또다시 찍어온 발자국들

내 마흔은
아직도 미혹迷惑이다
한 송이 봄눈의 여정이다
바람에 머리 헝클어지고
뼈 삭으며 떠도는

통영 · 16

조금 어설프면 어떠랴
갯바람 사철 불어오는
이 땅에서 살아가려면
춤 하나쯤
허리에 차고 다녀야 하리

갈대여
질퍽거리는 흙에 박힌 뿌리가
일생을 마셔 온 바다도
벌거벗은 종아리에 감겨 온 서리
차디찬 겨울도
네 주인이 되지 못했구나
잡어 몇 마리 쫓아 머리 처박고 헤엄치는
눈먼 오리처럼 살아온 인생 하나
시름에 굵어진 허리
뒤뚱거리는데
뼈에 사무칠 만한 서러운 것들도
모두 춤의 등에 태워

꽃잎으로 날려 보내는구나

바람에 날리는 백발이여
흉내 낼 수 없는
춤의 연륜이여

통영 · 17

흘러가는 것이 어이 물살뿐이랴
길 없는 어둠 온몸으로 밀어
길 하나 내며
발부리에 떨어지는 눈송이들

눈물로 사라지는 여정에
살 부딪고 서로 껴안아
저리 따뜻한데
진흙에 배 비비며 흘러온 사람의 세월
외롭고 춥구나
떠나보내야 할 것들 지천인데
잠자리 날개보다 얇은 잠 쉬 부서지고
지나간 것들 다시 흘러오는 꿈의 빈터에는
언제나 물안개 피어오른다
잠결에도 축축해지는 누선淚腺이여
집도 세간도 없는 나그네
기억의 짐 이리 무겁구나

낙타여, 등에 진 흙 쌓이고 쌓여
무릎 꺾일 때까지 이 길 흘러가리라
회한의 퍼런 억새에 살 베이며
걸어야 할 길 아직 막막하다

통영 · 18

빈 배 돌아온다

이 밤

어느 후미진 골목 구석에나 토해야 할 시름

만선이다

늙은 포구

부산스럽던 동사動詞들 잦아들기 시작하고

하늘엔

해국海菊 두어 송이

거친 손

깊이 찔러도 꺼낼 위로 하나 없는

빈 주머니의 이 저녁도

결국 낙엽 한 잎 아닌가

해탈한 바람의 흰 수염

붙잡고 마음 달래도

터벅터벅 걸어가는 발걸음 앞에

세상은

가도 가도 시뻘건 핏빛일 뿐

멀리 캄캄한 산

등에 돋은 가시에도 절뚝거리며

오래 걸어야 한다

통영 · 19

빗방울 떨어지자

울창한 매미 소리 바로 그치듯

술이여, 뚜벅뚜벅 네가 걸어오면

세상이 잠시 숨는다

정붙일 데 하나 없는 약육강식의 원시림

식솔들을 데리고 떠도는 무딘 이빨

무딘 발톱의 가장家長

가난한 마음에 산란産卵하는 근심들

너 아니면

누가 쓸어 주랴

가시덤불 사이로 겨우 흘러온

구절양장의 하루가 끝나고

쓸쓸히 돌아오는 저녁

망망대해가 키운 이름 없는 잡어들 썰어 놓고

잡어 같은 인생들 살갑게 맞아 주는

너를 어찌 외면하랴

대취의 파도에 실려

내 기꺼이 망명하노라

아늑한 너의 품에

어둠 속으로 사라진 세상이

다시 몸을 드러낼 때까지

식솔들의 집을 짓는

어미 딱따구리의 요란한 노동

아침을 깨울 때까지

통영 · 20

선배 왈

혹하지 않고 시들어 간다는
나이가 되면
혹하게 하는 길
하나쯤 생기는 법

따라 걷다 보면
해[年] 데리고 산 넘어가는
단풍도 잊게 되고
푸르디푸르러
육신의 고개 숙이게 하는 하늘
쳐다볼 틈도 주지 않는
그런 길 말이야

대개
이름이라든가
돈이라든가

입산금지 너머로 아슬아슬하게 이어지는
연애라든가
뭐, 그런 것들인데

가끔은
아주 가끔은
움켜쥐려는 세상의 손아귀
메뚜기 뒷다리로 박차고 나가
허공에 취해 떠돌아다니는
빈털터리들
뭐, 그런 놈들도 있고

통영 · 21

억새꽃보다 가벼운 게 시간인가
망태기에 작살 들고 다니던 난장의 갯벌
절간보다 고요하구나

누런 해 서산으로 넘어가면
막걸리 한 사발에 저물던 노역의 하루
일소의 콧구멍이 내뿜던 더운 김
찬찬한 되새김질로 바꾸어 주던
둥근 달 떠오르면
대청마루에 모여 앉던 고단한 담뱃불들
기름진 말[言]
땅에 떨어진 지전만큼 드물어도
인정의 무쇠 사슬 얼마나 따뜻했던가

논둑 가득 억새꽃
바람에 눈부신데
참게 걸음으로 걸어가던 세월이
벌써 사십 년
그리운 것들은 가슴에서조차 고요하다

제2부

산책

산책

주머니 텅 빈 중년이
숲 속을 걸어간다
이 꽃 저 꽃
몸 섞고 다니는
천하의 난봉꾼
음탕한 꿀벌처럼 잉잉거리며
식은 혼을
후려치는 죽비
수꿩의 고함에 휘청거리며

진짜 꿈

꿈이라고 다 꿈인가
밤보다 길어야 진짜 꿈이지
밥보다 질겨야 진짜 꿈이지
눅눅한 어둠에 목 졸려
깨는 꿈은 개꿈이지
흰 쌀밥에 넙죽 절하고
깨는 꿈도 개꿈이지
무쇠 같아야
환한 달님 같아야
삼월의 첫 진달래 같아야
진짜 꿈이지
그렇고말고!
그 꿈의 알몸에 걸쳐진
가벼운 옷 한 벌같이 살아야
진짜 삶이지

이슬

이슬 속에
내가 있다
이슬 속에
네가 있다
네 향기로운 살냄새가 있다
세월 따라 제법 단단해진
내 정신의 뼈도 있다
이 아침 숲길을 걷는
너와 나의 순한 마음도 있다
팥배나무 잎사귀에 잠시 머무는
이 여리디여린
순간 속에

생명

아기가 걸어온다

봄 바다 속살 간질이는
송사리 떼 같은 웃음

세상이 퍼덕거린다

입을 맞추면
죽은 나사로가 살아나리라

시詩

진달래 꽃망울 맺혔다
바위틈을 뚫고 나온 고사리가
눈 뜨기 전 아기처럼
주먹을 꽉 쥐고 있다

눈을 감으니
파릇파릇 돋아나는 말[言]들이
갓 태어난 망아지처럼 뒤뚱거리다가
있는 힘을 다하여 몸을 가눈다

내일이면
한 꽃송이 피어나리라

새봄

아, 새봄인가!

뼈만으로 버텨 온 금식의 시간 모두 지나가고

나무들에 돋아나는 무성한 식욕들

때 한 점 묻지 않은 입들은

태고만큼 신성하구나

새들의 합창은 할머니 적 장날

손잡고 따라다니던 아이들

가난한 세간에도 저리 흥겨운데

사십 년 흘러온 수렵의 세월

내 혈관 속을 밀고 가는 피 텁텁하구나

이런 것도 인생이라고

육식의 세월 내내 꿈결에서 자위했던가

무엇을 좇아 지전紙錢에 터 잡은 바벨탑

미로 속을 포복해 왔던가

그런 것은 삶이 아니라고

우리들의 배고픔은 햇살 한 줌이라고

우리들의 목마름은

재잘대며 흘러가는 시냇물 한 모금이라고

새로 돋는 풀잎들의 옹알이

숲 가득한데

귀먹은 노새 한 마리로

다시 내려가야만 하는가

마음

오월을 담으니

숲이 된다

신록에 잠기니

훤칠한 미루나무가 된다

별 하나 심으니

낯선 말들이 무디어진다

호미가 된다

텃밭이 된다

사랑이 싹튼다

부추처럼 마구 자란다

그리움에 젖으니

모란이 핀다

먼 나라를 꿈꾸니

구름이 된다

길이 집이 된다

봄에게

너에게 신부의 옷을 입히리라
네 머리에 향기로운 화관을 씌우리라

네가 신고 태어난 아름다운 수식어
모두 벗어 버리고
눅눅한 내 청춘과 동행한
네 맨발에 박인 굳은살
쓸쓸히 어루만지는 마흔
세상의 어설픈 형용사에는 혹하지도 않고
까마귀나 잠시 앉았다 가는
마른 가지 같은 이 나이에
다시 취하리라
아이가 되리라

신부의 옷을 입은
향기로운 화관을 쓴
너를 다시 그리리라

아카시아

네 살의 향기!
꿀벌의 허리를 끌어당긴다
온몸을
온 마음을
네 속에 처박게 한다
숨 막히는 네 살의 향기!
네 향기의 진흙!

삭발한 구름의 발목을 잡아당긴다
아, 네 지상의 양식!

백합

물기 한 점 없는 바람이
일으키는 푸른 잔물결
활짝 핀 홍안의 백합
가는 허리 흔들며 뿜어내는 화냥기!
액체로 밀려오는
살냄새의 쓰나미!

중년이 휘청거린다

왜 몰랐을까

사철나무에도 꽃이 피는구나
왜 몰랐을까
이 지척의 장미를!
가만히 들여다보면
회양목에도 꽃이 핀다
대추나무에도 꽃이 핀다
왜 여태 몰랐을까
이 지척의 백합을!
심봉사의 눈을 번쩍 열어 주는
기적의 어머니
사랑이여
무화과나무에 환한 꽃 피우는
마술이여
왜 여태?

축제

풍뎅이가 집을 나선다
아카시아꽃들이
우박처럼 떨어진다
흙과 꽃의 혼례
바람의 잔에 넘치는 온갖 술들

축제다!
문자가 생기기 전
정신이 태어나기 전
그 아득한 시대의
축제다!

초대장은 받았나?
풍뎅이 한 마리
느릿느릿 길을 나선다

팔월

땅은 끓고
하늘에 박힌 음낭에는
출렁거리는
화염!

지상의 붉은 황소들을 끌고
사막을 건너가는
무쇠 코뚜레!

이제는 없다

심심할 때 타고 놀던
장수풍뎅이는
어디로 가 버렸다
무화과나무 그늘 아래 잠자고 있으면
뿔로 밀치곤 하던 하늘소도
하늘로 가 버렸다
개울에는 이제
파문들이 일지 않는다
아, 너무도 고요하다
밤의 보물창고도 텅 비어 버렸다
밤이면 눈뜨던 금강석들은
이제 없다
귀를 멍하게 하던 소리들
아, 그 귀한 보석들이
이제는 없다

정원

수국은 벌써 시들었지만
배롱나무 미로 같은 가지에는
동정童貞의 저녁노을 아직 걸려 있다
매미 소리 힘줄 풀어지고
낫 놓고 기역 자도 모르는
메뚜기 멀뚱멀뚱한 눈
여름을 포식한 베짱이의 중년은
갓 피어나는 재래종 황국
초경初經도 지나지 않은 품에
머리를 묻었다
선선한 바람의 잔물결
그리움의 치어稚魚들 헤엄쳐 다니고
오래전에 순장殉葬된 너와
나의 비밀들
때 이른 코스모스로 피어난다

가을

바람이 고개를 든다
육중한 굴참나무에
황갈색 수의를 입히는
서늘한 길손
바람이 몸을 일으킨다
돌아보면
보듬어줄 시린 것들 지천인데
벌써 흰 머리카락들
내 사랑은
언제나 세 살의 걸음마
넘어지며 일어나며
닿지 못한 이들 얼마나 많은지
가슴에 깊이 맺힌 것들
몇 송이 들국화로 뿌려 주고
바람이
저만치 길을 간다

십일월

구골나무
하얀 꽃
향기 너머
섬으로 떠나는 뱃고동
사철나무
푸른 그늘엔
선사禪師처럼 마른 풀잎들
바람을 화두로
마음의 체중
모두 빼 버린 억새꽃
바람이 데리고 간다

제3부

강

강

내 마음 가로질러
강물이 흘러가네
소년의 가슴에 숨어있던
꿈의 속살을 갉아먹으며
살찐 갈치처럼 흘러가네
마음에 푸른 풀밭을 수놓아 주던
내 어린 날의 숲
텃새의 둥지에서 부화한
꿈이여
끝없이 흘러가는 강물의 배 속엔
그 꿈의 뼛조각만 남아 있네
녹슨 유물로 남아 있네

낙타

몸에 시퍼런 도끼를 숨기고 다니는
종로 뒷골목 라스콜리니코프파든
내일 지구의 종말을 외치는
지하철 신대방역 종말파든
사랑에 죽고 사랑에 사는 철 지난 순정파든

탯줄 달린 이들은 얼마나 따뜻한가

눈 시린 낙타여
영원한 나그네여
조막손 같은 발 앞엔 언제나 바람
막막한 모래바람뿐
깃들일 개미집 하나 없구나

그 시간

음낭에는
파도가 출렁거렸다
별의 몸에서는
비린내가 났다
눅눅한 갯바람에 밀려다니던
구름의 시커먼 등짝들
싸구려 돼지고기처럼
씹어도
씹어도 목을 넘어가지 않던
그 시간

이제와 돌아보니
출렁거리는 물살에 얹혀
잠시 춤추다
이내 사라져 버린
눈부신 빛 덩이들

어디로 가 버렸나

어디로 가 버렸나
갯바람 먹고 자라던 동백
붉디붉은 꽃잎 같던 시절이여!
어느 외딴 바닷가에
빈 소주병 하나로 뒹굴고 있는가
개구리 떼 울음소리만큼 떠 있던 별
쏟아지던 푸른 심장이여!
유성 따라 흘러가
돌아오지 않는구나
이른 새벽 먼 바다로 떠나던 발동선
쓰린 공복 가득 채워 주던
등 푸른 그리움이여!

마른 풀잎 냄새가 난다
사기분詐欺盆에 박혀 시들어 가는
중년

청평에서

버려도
버려도 남는 이것은 무엇인가
자전하며 다시 돌아오는
캄캄한 밤
어둠의 알몸에 박힌 사금파리들
민들레 홀씨처럼 날려 버려도
이른 봄
다시 싹트는 이것은 무엇인가
흘러도
흘러도 푸르기만 한 이 강물처럼
언제나 머무는
이것은 무엇인가

옛집

탱자나무 울타리
새잎 돋아나면
할머니 무덤에
고운 금잔디

흙마당 가득 고인
햇살의 잔물결
퇴적된 시간의 잔해들을 들추고

새끼 코끼리 귀만 한
무화과나무 잎사귀 아래
장성한 여름이 쉬어 가고

풀벌레 울음소리
울창해지면
우박으로 쏟아질 것 같은
야생의 별 무리들

고향

행복의 팔 할을 빚졌다
네 살결
네 숨결
어이 잊으랴
밤하늘의 메밀꽃밭
더러 얼굴 내밀던 박꽃들
소걸음으로 걸어가는 풍금 소리에
뚝뚝 떨어지던 목련들
시든 갈대로 돌아갈 때마다
눈썹 긴 나비 날개를 달아 주었지
아, 초록의 요람!

고모

성스러운 것이
어이 피안에만 있으랴

핏줄의 내력 또박또박 들려주며
할머니 무덤에 잔디 씨 뿌리던
봄 어제 같은데
새끼 송아지 핥아주는 어미 소의 혓바닥처럼
눈먼 인연의 세월 여기까지 흘러왔는가
조카 업어 키워온 등에
몇 개의 등 더 지고
걸어온 일생의 유언은
오직 눈물 한 방울
몇 줌의 재 바람에 날려 가는가

성스러운 것이
어이 피안에만 있으랴
보듬어 키워 준 거친 살
흙으로 빚은 그 사랑
다시 흙으로 돌아간다

바닷새 된다

애인의 살을 베어
누이의 피에 말아 먹어 온
국밥이 지겨울 때
교장선생님이 주신 숫돌에
갈아온 송곳니
틈새에 끼인 친구의 살점이
비릿할 때
외딴섬 절벽에 잠시 깃들여
바닷새 된다
고대사처럼 밀려와
밀려가 버리는 파도에
신용카드도 휴대폰도 던져 버린다
아침햇살을 먹고 사는 멸치 떼
눈부신 비늘을 쪼아 먹는다
때로는 태풍에 아득히 치솟아
살도 피도 잊어버린다

청춘이여

그대 아름다웠는가

청춘이여

장마철 기어가던 곰팡이처럼

포복하던 세월의 한 토막

청춘이여

연정은 언제나 시간에 목 잘리고

이별은 잠시 살에 사무쳤다 쓸리어 갔느니

그 세월 내내 넉넉했던 것은

오직 바람

바람의 등에 얹혀 출렁거리는 동안

찌르고 찔린 것들 이리 많았던가

그대 아름다웠던가

청춘이여

찔린 상처들도 멀어지면

꽃이 되는가

내장을 모두 녹여 한철을 울다

기진하여 떨어진 매미

몸통 모두 사라지고 남은

날개에 고인 빛처럼

남은 시간을 위로할 그 무엇이

네게 있는가

청춘이여

밥이여

밥이여

네 어깨에 무동 타고

출렁거리지 않는 것 무엇이랴

사랑이 칼이 되고

정신이 눈멀고

영혼이 흙이 되나니

나라가 흔들리고

대륙이 갈라지나니

밥이여

이 땅의 주권은 네게 있구나

내 혓바닥에 색동옷 입고

너의 헌법을 충성되게 좇으마

하지만, 밥이여

제발 줄여 다오

너의 몸무게를

너를 업고 이른 아침 집을 나서는

아비들의

어미들의

누이들의 발걸음을
꽃의 문을 두드리는
나비의 날갯짓만큼만
가볍게 하여 다오
내 너를 무동 태우고
힘겹지만 걸어갈 수 있도록

지나간 것들은

지나간 것들은

정말로 지나가 버린다

거친 수묵화 가로질러

절벽으로 투신하는 물살들

죽은 시간들

저만치 흘러가고

육송의 살에 더덕더덕 붙은 죄

모두 지우는 두툼한 어둠에 닦여

새로 싹트는 별 무리들 또렷하다

그래, 어제는

어제로 죽는 법

세월에 삭은 내 가죽부대 너덜너덜해도

바람은 불고

풀벌레 서러운 울음

모두 쓸고 간다

추억이 때로는

추억이 때로는 밥을 먹여 준다
걸인들 민들레 홀씨처럼 흩날리던 봄날
넉넉히 퍼내주던 할머니의 바가지
그래, 그렇게 살아 봐야지

추억이 때로는 손을 잡아 준다
넘어져도 울면 안 되지
툴툴 털고 일어나야 사내지
텃밭 모퉁이에 헌칠하던 미루나무

젊게 살고 싶다
주먹질 좀 당해도 허허 웃어 버리는
바보의 가슴으로!
세상의 모든 옹달샘 고여 있는
수송아지의 눈망울로!

용서할 수 없을 때는

목이 마를 때에는
흙길을 걷는다
헌칠한 히말라야시다
선선한 그늘

소설이 시시할 때에는
귀를 기울인다
걸음마 배우는 아이들의 옹알이
때 묻지 않은 언어의 태고

용서할 수 없을 때에는
용서하지 않는다
다만 불을 끈다
언제나 가지런한 별자리들
마른 바람에 쓸려 가는
마른 잎사귀들
물기 있는 모든 것들이 불쌍해진다

감히 용서라니!

저 새들에게도

저 새들에게도 무덤이 있다
선선한 잣나무 숲에서
흘러나오는 노래들
낡은 갑옷 같은 떡갈나무에
돋아나는 새 잎들
무미한 일상에 피어나는
작은 기적
아이들의 얼굴도 서서히 늙어 간다
덧없다
세상의 모든 온기 있는 것들
아득한 길 걸어와 내 뺨에 녹는
몇 송이 봄눈 같은 것들

이제는

사랑도 좋지만
네 어둠 내가 베고
내 어둠 네가 덮고
그런 것도 좋지만
이제는
흐드러지게 핀 저 개망초
몇 송이 꺾어 향기 맡듯
그래, 그만큼만

이별도 좋지만
추억의 진달래꽃 송이송이 밟아 가며
홀로 몇 년을 걷는
그런 이별도 좋지만
이제는
저 개망초 건너뛰는
흰나비의 발걸음
그 무게만큼만
그래, 그만큼만

제4부

풍경

풍경

은사시나무를
소리 없이 흔드는 바람
어느새 스며들어
은사시나무의 춤이 된다
춤의 알몸에
햇살이 부서진다

일월

벗은 참나무들
목탄처럼 서 있다
여백엔 하얀 눈
새소리마저 지워진
정적
맥문동 까만 눈동자
홀로 빛난다

봄비 · 1

돌들이
새끼를 낳을 것만 같아라

소리 없이
땅을 적시는 봄비

숲은 아직 겨울인데
내 몸속엔 물
혹은 바람
피가 벗고 떠난 허물만 남아 있는데

소리 없이
땅을 적시는 봄비

수양버들 그루터기에서
푸른 분수가
솟아오를 것만 같아라

봄비 · 2

색 고운 꽃잎들
모두 쓸고 가거라
봄비여

붓고 또 부어
찢어 버려라
새 술이여
내 낡은 가죽 부대를

우산도 없이 맞는다
맨살로 맞는다

잔도 없이 받는다
벌거벗은 혼으로 받는다

신록

오, 신록의 핵폭발!
시냇물을 따라 흘러가는
나의 노래는
다람쥐의 춤이 되었다가
바위틈에 숨어들어
송사리 떼로 환생한다
오, 신록의 여진!
뻥 뚫린 나의 귀는
동박새의 지저귐을 알아듣는다
기쁨의 진흙으로만 빚어져
슬픔이 깃들일 목이 없는 작은 새의
혀 짧은 언어를
귀가 달다
눈이 달다
오, 신록의 해일!
내 마음 낡은 성문을 부수고
수꿩의 목소리가 쳐들어온다
온 마음을 휩쓴다

꿈

아, 제대로 한번 걸어 보는 것!
이 가로수 길을
백두대간을
너의 아픈 길을
나의 외로운 길을
이 뜨겁고 싱싱한
사월의 길을
신록에 입 맞추고
네 울음과 어깨동무하며
제대로 한번 걸어 보는 것

산길

책보다는

산길을 걷는다

골방에서 길어 올린 생각보다는

그냥 걷는다

먼 산 바라보며

그리움에 물도 부어 주고

길가의 냉이꽃 슬쩍 피해 가며

그냥 걷는다

이 싱싱한 살 속을

이 기막힌 꿈길을

꽃이 되어

벌이 되어

송홧가루가 되어

죽순

죽순이 자란다
폐허가 된 산자락
군데군데
새살이 돋는다
새 피가 흐른다
이 낡은 진지를 끝장내 버릴
초록의 화염
가득 잉태한 대포알
죽순이 자란다

풍란 · 2

바람도 없이 피어난다

순한 꽃 살결
외딴섬 처녀의 마음결

매 발톱 같은 세상
늘 외롭고 가난한
마음에 이는
작은 해일

빈 저녁 하늘에 금 간다
눈물 몇 방울

새 별
돋아난다

초록에게

오소서
고구려 사내의 걸음으로
산을 넘고
거북이 등 타고
큰 강 건너
가문 땅
잦아드는 목숨
나를 찾아 덮으소서
죽은 여인을 깨우는
신화 속 사내의 입맞춤으로
내 피를 데우소서
아, 나를 가두소서
눈부신 생명의 감옥
당신의 황홀한 독재 속에

유월

숲에 물이 오른다
처녀의 허리 같은 아카시아
팥배나무 미끈한 다리들
이 정도면 삼천궁녀?

바람의 손이 음탕해진다

거문고

고구려 사내의
수염 난 목소리

떡갈나무 잎사귀에 떨어지는
굵은 빗방울

음낭에서
출렁거리는 불
고요히 잠재우는

심산의 바람 소리

가을 숲

매미 소리
사라진 자리에 쏟아지는
풀벌레 소리의
소낙비
모태에서 배운
모국어마저 쓸어 가 버리는
태고의 홍수

마음아
푸른 울음을 울어라
벌거벗은 알몸으로!

살냄새가 살아 있는 삶의 풍경

차 한 수

(시인)

1.

이중도 시인을 만났다. 초면이나 동향인이라 가깝게 느껴졌다. 게다가 준수한 용모와 풍기는 교양과 겸손한 태도에 더욱 호감이 갔다. 그는 법을 전공한 사람이지만 시를 대하는 태도가 각별하다는 것도 알게 되었다. 그리고 1993년『시와 시학』으로 등단도 하였다.

근자에는 서울 생활을 정리하고 고향으로 내려와 시와 함께하고 있다고 한다. 그리하여 첫 시집『통영』을 상재하고자하니 해설을 써 달라는 이야기에 후기 정도로 하자고 했다.

두고 간 원고를 읽었다. 통영에 지극한 애정을 가지고 있는 것 같다. 통영을 연작으로 쓴 시가 20여 편이나 되어 그러한 생각을 갖게 했다. 사실 시의 마음은 눈물겹고 애절하지만 맑고 투명하기도 하다. 일상의 아픈 흔적을 흔들어 출렁이게 하고 부드럽게 안아 주는 힘을 가지고 있으니 말이다. 그 힘은 세상의 거친 파도를 넘어오면서 우리를 새롭게 바뀌게 하여 새로운 꿈을 만들어 주기도 한다.

위스턴 오든Wystan Hugh Auden은 속된 것과 성스러운 것의 가치에 대해 언급한 바가 있다. 전자는 그것이 어떠한 구실을 하느냐에 초점을 두고, 후자는 그것이 어떠한 것이냐에 대한 지적이라 하겠다. 이 말은 속된 것과 성스러운 것의 기준을 어디에 두느냐 하는 문제다. 즉 '어떠한 구실을 하느냐'와 '어떠한 것이냐' 라는 두 가지 측면에서 살펴보면 앞의 것은 현상적인 관점에서 파악하는 것이라면 뒤에는 본질적인 관점에 초점을 둔 견해가 아닌가 싶다.

시가 존재의 본질과 의미를 찾는 데 있다면 그것이 어떠한 것이냐는 의문이 무한한 상상력을 열어 갈 원천이라 하겠다.

이중도 시인은 통영이라는 지리적 공간이나 시간적 공간에서 얻은 여러 이미저리로 개성적인 시적 풍경을 그리고 있다. 특히 여러 시편에서 공통적으로 나타나는 자연현상, 즉 바다, 땅, 바람, 식물, 어류 등과 토속적인 언어의 색채감은 시인의 정신적 저류를 이루는 축을 형성하게 된 원천이 되고 있음을 보여 준다.

이처럼 통영의 생명이 살아 숨 쉬는 상관물에 의해 시세계를 분방하게 표현함으로써 시적 지평을 열고 있다고 하겠다.

시집『통영』은 1부 통영, 2부 산책, 3부 강, 4부 풍경 등 총 4부로 편집되어 있으나, '통영'이라는 시간과 공간이라는 중심축을 두고 '산책'도 하고 '강'으로 형상된 삶의 모습과 '풍경' 속에 사람 냄새가 살아 있는 세계를 열어 보이고 있다고 생각된다. 그러면 이중도 시인의 시세계에 접근하여 본다.

2.

먼저「통영·4」,「통영·6」,「통영·7」,「통영·15」을 살펴본다.

> 어디에 있니?
> 아직 갯바람에 갇혀 있니?
> 바다에 박힌 부표들처럼
> 가지런한 생각들만 해답이던 그 시절
> 주린 우리 가슴 앞에
> 일용할 양식으로 놓여 있던 그 들길
> 우리 오래 같이 걸었던 그 길
> 쑥과 여뀌에 모두 지워졌구나
> 선생님들이 지어 주던 모래밥이 싫다고
> 파도 같은 시인이 되겠다고
> 외치던 네 꿈을
> 낡은 네 목선은 알고 있니?
> 떠난다고 별수 있겠냐고

이곳도 살 만하다고
송아지같이 끔벅거리던 네 눈망울 속에
그 들길
그 시인
아직 살고 있니?
너는 오랫동안 보이지 않고
먼 바다엔
새끼들과 같이 뿌려진 어미 섬 하나
일소의 고단한 허리처럼
등이 굽은 섬 하나

—「통영·4」 전문

　"어디에 있니", "아직 갯바람에 갇혀 있니", "낡은 네 목선
은 알고 있니", "아직 살고 있니", 이 네 가지 의문에는 시인
의 의식에 자리한 사무친 그리움이 살아 있다. 갯바람과 부
표, 그리고 들길로 표상된 지난날의 아픈 고뇌가 오히려 따
뜻하게 맺힌다. 또한 지워진 '그 길'과 '외치던 네 꿈'이 지
금도 그대로 자라고 있다는 사실을 '알고 있니'라는 물음으
로 확인하고 있다. 거기에는 "이곳도 살만하다고" "아직 살
고 있"는 "등이 굽은 섬 하나" 떠 있는 화자의 의식에는 지금
도 꿈꾸는 세계로 다가가고 있다는 믿음이 보인다.

뱃고동이 운다
저 멀리 히말라야로 유배 떠나던
욕망이
다시 돌아와 꿈틀거린다

텁텁한 막걸리 같은

아침 안개

어시장엔

고해苦海의 배 속에서

막 퍼 올린 무명씨無名氏들

모든 사념을 가지 쳐 버리고

남은

비린 살냄새

이, 덧없고도

싱싱한 퍼덕거림들

—「통영·6」 전문

'뱃고동이 운다'는 청각적 이미지에는 떠남과 돌아옴이라는 헤어지고 만남이 상존하는 정서가 잔잔한 파장을 이룬다. "저 멀리 히말라야로 유배 떠나던/ 욕망이/ 다시 돌아와" 동적인 울림으로 되살아나는 삶의 의미를 신선하게 표출한다.

더구나 "텁텁한 막걸리 같은/ 아침 안개"와 "모든 사념을 가지 쳐 버리고/ 남은/ 비린 살냄새"로, "싱싱한 퍼덕거림" 으로 살아나는 화자의 믿음이 '뱃고동' 소리로 형상함으로써 정맥 같은 생기를 보인다.

그리고 「통영·7」과 「통영·15」에서는 삶에 있어 간절한 구원의 눈빛이 불혹의 굽이를 돌면서 깨닫게 된다는 구도의 자세를 보인다.

① 마흔 넘자

시간은

손가락 사이로 술술 빠져나가는 모래
한 알
한 알이 순금이다

서쪽으로 해 기우니
퍼런 물살에 출렁거리는 빛 덩이들
그래,
빛이었구나
떠밀어 익사시키고 싶었던
지난날들이여

눈부신 순간
순간의 비늘로 바다 건너가는 길 하나
따라 걷다
때로 헛디뎌
흠뻑 젖었다
어느새 사라지는 것이 인생이라면

천천히 걸어가리라
나의 뼈와
너의 가슴에서 우려낸
진한 것들
부어 주고 마시며
무시로 취해 비틀거리며

— 「통영·7」 전문

② 마흔에
  다시 찾아온 고향 바다

107

언제나 불혹不惑의 저 잔잔함
선학仙鶴 같다
눌러앉은 한 마리 갈매기

부끄럽기만 하다
진창에 눌러 찍어 온 내 발자국들
발자국에 고인 눈물을 마시고도
다시
또다시 찍어온 발자국들

내 마흔은
아직도 미혹迷惑이다
한 송이 봄눈의 여정이다
바람에 머리 헝클어지고
뼈 삭으며 떠도는

— 「통영·15」 전문

    불혹은 인생의 황금기다. 그런 날들을 화자는 「통영·7」에서 "손가락 사이로 술술 빠져나가는 모래/ 한 알/ 한 알이 순금이다"라고 시간의 소중함을 새롭게 인지한다. 시간은 가는 것이 아니라 오는 것이라는 생각도 한다. 시간의 현재성을 강조한 입장이다.

    "떠밀어 익사시키고 싶었던/ 지난날들"에 대한 회한이 있기에 운명적인 깨달음과 함께 깊은 탄식을 드러낸다. "순간의 비늘로 바다 건너가는 길 하나/ 따라 걷다/ 때로 헛디뎌/ 흠뻑 젖었다"라 하면서 지나가는 것이 인생이라 "천천히 걸어가"려는 성찰의 자세로 자신이 걸어야 할 길을 발견한다는 것이다. 그리하여 "무시로 취해 비틀거리며" 그 길을 걸어가려는 결의가 뜨겁게 나타난다.

「통영·15」에서도 불혹의 나이에 깨닫게 되는 삶의 모습을 진솔하게 형상화하고 있다. 마흔에 "다시 찾아온 고향 바다"는 언제나 잔잔하고 선학 같다고 진술한다. 하지만 화자는 "부끄럽기만 하다"고 토로한다.

"진창에 눌러 찍어 온 내 발자국들"을 남긴 육신은 허무와 불안의 근원일 수밖에 없으리라는 뉘우침이 행간에 깔려 있다. "내 마흔은/ 아직도 미혹"이지만, "한 송이 봄눈의 여정"으로 40대는 생명과 정면으로 대결하게 된 운명에 대한 긍정적인 자세를 보인다.

즉 봄눈이 오고 우수, 경칩이 지나면 새순이 돌아나는 대지에 "발자국에 고인 눈물"이라는 비극성을 넘어 신선하고 역동적인 "바람에 머리 헝클어지"는 몸짓으로 "뼈 삭으며 떠도는" 자세로 유유자적하게 걸어가려는 존재임을 표명하고 있다.

3.

이중도 시인의 시에는 끝없이 철썩이는 파도와 같은 생명력이 있다. 거기에는 온갖 잘잘못이 부끄럽게 떠오르고 반성과 참회, 그리고 괴로움이라는 과정을 거쳐 향기로운 세계가

이루어진다는 것을 천명하고 있다. 시「밥이여」,「진짜 꿈」,
「이슬」에 나타난 정신을 만나 본다.

밥이여
네 어깨에 무동 타고
출렁거리지 않는 것 무엇이랴
사랑이 칼이 되고
정신이 눈멀고
영혼이 흙이 되나니
나라가 흔들리고
대륙이 갈라지나니
밥이여
이 땅의 주권은 네게 있구나
내 헛바닥에 색동옷 입고
너의 헌법을 충성되게 좇으마
하지만, 밥이여
제발 줄여 다오
너의 몸무게를
너를 업고 이른 아침 집을 나서는
아비들의
어미들의
누이들의 발걸음을
꽃의 문을 두드리는
나비의 날갯짓만큼만
가볍게 하여 다오
내 너를 무동 태우고

힘겹지만 걸어갈 수 있도록

―「밥이여」전문

꿈이라고 다 꿈인가
밤보다 길어야 진짜 꿈이지
밥보다 질겨야 진짜 꿈이지
눅눅한 어둠에 목 졸려
깨는 꿈은 개꿈이지
흰 쌀밥에 넙죽 절하고
깨는 꿈도 개꿈이지
무쇠 같아야
환한 달님 같아야
삼월의 첫 진달래 같아야
진짜 꿈이지
그렇고말고!
그 꿈의 알몸에 걸쳐진
가벼운 옷 한 벌같이 살아야
진짜 삶이지

―「진짜 꿈」전문

이슬 속에
내가 있다
이슬 속에
네가 있다
네 향기로운 살냄새가 있다
세월 따라 제법 단단해진
내 정신의 뼈도 있다

이 아침 숲길을 걷는
너와 나의 순한 마음도 있다
팥배나무 잎사귀에 잠시 머무는
이 여리디여린
순간 속에

—「이슬」전문

「밥이여」에서 밥은 여러 가지 의미를 가진 시어다. 일반적으로 '동물이 먹고 살아갈 수 있는 먹이의 총칭'이다. 그리고 '끼니에 먹는 음식'을 말한다. 모든 생물은 그 밥을 얻기 위하여 혼신의 노력을 다하게 마련이다. 밥은 생을 존속하기 위해서는 절대로 필요한 양식이기 때문이다.

그 밥에 대하여 화자는 "밥이여/ 네 어깨에 무동 타고/ 출렁거리지 않는 것 무엇이랴"라고 탄식한다. 즉 사랑이 칼이 되고, 정신이 눈이 멀고, 영혼이 흙이 되고, 나라가 흔들리고, 대륙이 갈라지는 비관적 현실인식으로 판단한다. 이러한 현상은 욕망의 희생물로 전도된 밥의 비극성을 지적한 표현이다. 또한 이 땅의 주권이 너에게 있기에 나는 군말 없이 너의 법에 충성하겠지만 "제발 줄여 다오/ 너의 몸무게를"이라고 호소하기도 한다.

왜냐하면 너의 그 무거운 몸을 업고 "이른 아침 집을 나서는" 아비, 어미, 누이들의 고통을 덜기 위하여 "나비의 날갯짓만큼만/ 가볍게 하여 다오" 그리하여 "너를 무동 태우고" 걸어갈 수 있게 간곡하게 하소연한다.

이처럼 밥의 무거움은 삶을 고통스럽게 하고 처절한 아픔을 준다는 데 문제가 있다. 그러므로 화자는 그러한 '밥'은 밥 이외의 폭력적인 힘을 와해함으로써 순수한 밥으로서의 역할을 갈망하는 정신을 노래하고 있다.

「진짜 꿈」에서도 맑고 투명한 삶을 바라보는 화자의 선한 시선이 부드럽게 나타나 있다. 「진짜 꿈」은 "밤보다 길어야" 하고, "밥보다 질겨야" 된다고 했다. 이에 비해 '개꿈'은 "눅눅한 어둠에 목 졸려/ 깨는 꿈"과 "흰 쌀밥에 넙죽 절하고/ 깨는 꿈"이라 했다.

전자는 핍박과 고통으로 괴로워하는 고뇌를, 후자는 굴욕과 아첨에서 오는 비극성을 표상한다. 그러므로 화자가 지향하는 꿈은 이 모두를 극복하는 "무쇠 같아야/ 환한 달님 같아야/ 삼월의 첫 진달래 같아야" 진짜 꿈이라 노래한다.

결국 "그 꿈의 알몸에 걸쳐진/ 가벼운 옷 한 벌같이 살아야" 진짜 삶이라는 자세를 극명하게 외친다. 그리하여 슬픔을 넘어 새 꿈을 만들고 그리운 나라를 꿈꾸게 하는 수수께끼 같은 비밀한 세계가 시의 나라가 아니겠는가.

「이슬」처럼 시의 마음은 눈물겹도록 애절하다. 그러면서 시의 눈은 맑고 투명하다. 거기에는 아픔과 상처를 흔들고 출렁이게 하는 힘이 있다. 그 힘으로 우리를 부드럽게 안아 준다. 시 「이슬」에는 삶의 따뜻한 체취가 배어 있다. "이슬 속에/ 내가 있"고 "이슬 속에/ 네가 있"어 "네 향기로운 살냄새"를 느낄 수 있는 것이다. 거기에는 "제법 단단해진/ 내 정신의 뼈도" 있다는 것이다. 그리고 아침 이슬이 맺힌 숲길을 걷는 너와 나의 순한 마음도 있어 "팥배나무 잎사귀에 잠시 머무는/ 이 여리디여린/ 순간 속에" 귀한 생명 본연의 소박한 마음과 꿈을 간직하고 있어 의미의 깊이를 더하고 있다고 하겠다.

모리스 블랑쇼Maurice Blanchot의 말을 빌리면, 시인이 시를 쓰는 것이 아니라 시가 시인을 만들고 우리를 만든다고 하였다. 그러한 까닭에 생성하고 소멸되는 현상에서 오래도록 이어지고 연결되는 마음을 발견하는 것이 시인의 몫이라 생각된다.

> 너에게 신부의 옷을 입히리라
> 네 머리에 향기로운 화관을 씌우리라
>
> 네가 신고 태어난 아름다운 수식어
> 모두 벗어 버리고
> 눅눅한 내 청춘과 동행한
> 네 맨발에 박인 굳은살
> 쓸쓸히 어루만지는 마흔
> 세상의 어설픈 형용사에는 혹하지도 않고
> 까마귀나 잠시 앉았다 가는
> 마른 가지 같은 이 나이에
> 다시 취하리라
> 아이가 되리라
>
> 신부의 옷을 입은
> 향기로운 화관을 쓴

너를 다시 그리리라

—「봄에게」전문

봄에게 신부의 옷을 입히고, 향기로운 화관을 씌우겠다는 결의는 블랑쇼의 말이 아니라도 시의 관을 쓴 시인의 숫스러운 마음의 밑바닥에서 일렁이는 힘일 것이다. "네 맨발에 박인 굳은살"과 "쓸쓸히 어루만지는 마흔"은 세상에 혹하지도 않고 걸어와 "아이가 되"어 "신부의 옷을 입은/ 향기로운 화관을 쓴" 너를 그리워하겠다는 불혹의 빛이 환하게 새로운 공간을 열고 있다.

이중도 시인은 자신이 가야 할 삶의 공간을 묵묵히 걸어야 한다. 거기에는 시인이 바라보는 풍경이 있기 때문이다.

    ① 은사시나무를
      소리 없이 흔드는 바람
      어느새 스며들어
      은사시나무의 춤이 된다
      춤의 알몸에
      햇살이 부서진다

—「풍경」전문

    ② 벗은 참나무들
      목탄처럼 서 있다
      여백엔 하얀 눈
      새소리마저 지워진
      정적

맥문동 까만 눈동자
홀로 빛난다

　　　　　　　　　　　　　　—「일월」 전문

　①의 「풍경」에서 은사시나무와 나무를 흔드는 바람, 그리
고 은사시나무의 춤으로 형상된 아름다운 풍경에서 자연의
섭리하는 소리가 들린다. 그리고 ②의 「일월」 역시 참나무가
목탄처럼 서 있고, 하얀 눈이 쌓인 겨울산은 "새소리마저 지
워진/ 정적"만 쌓인다는 표현으로 정적의 깊이를 더욱 깊게
한다. 게다가 "맥문동 까만 눈동자"는 메마른 풍경을 오히려
신선하게 비춘다. 이는 화자의 내적 공간을 표상하고 있다고
하겠다.

　이처럼 말없이 흐르는 무위의 시간에는 무엇이 온 것도 없
고, 간 곳도 없이 그저 사라질 뿐이다. 그러나 오늘의 삶의 소
용돌이 속에서 바라본 작은 움직임을 한편의 시로 응축해 낼
수 있는 시인의 날카로운 직관을 대할 수 있다.

　이중도 시인은 단단하게 다져진 불혹의 공간에서 자유를
누릴 수 있는 풍경을 열어 갈 것이다. 계속 정진하여 살냄새
가 밴 시세계를 구축할 것을 바라는 바다.

시인 이중도

1970년 경남 통영 출생
서울대학교 법과대학 졸업
1993년 계간 『시와시학』을 통해 문단에 등단
현재 윤이상기념관에서 근무

통영

지은이 | 이중도
펴낸이 | 김재돈
펴낸곳 | 시와시학 도서출판
1판1쇄 | 2013년 5월 31일
출판등록 | 2010년 8월 10일
등록번호 | 제2010-000036호
주소 | 서울 종로구 명륜동1가 42
전화 | 744-0110
FAX | 3672-2674
값 8,000원

ISBN 978-89-94889-53-5 03810